ALFAGUARA MR

INFANTIL

ALFAGUARA INFANTIL^{MR}

ALFAGUARA^{MR}
INFANTIL

UN CIRCO UN POCO RARO

D.R. © del texto: ANA MARÍA SHUA, 2008
D.R. © de las ilustraciones: LUCIANA FEITO, 2008
D.R. © Aguilar, Altea, Taurus, Alfaguara, S.A., 2008

D.R. © de esta edición:
Editorial Santillana, S.A. de C.V., 2013
Av. Río Mixcoac 274, Col. Acacias
03240, México, D.F.

Alfaguara Infantil es un sello editorial licenciado a favor
de Editorial Santillana, S.A. de C.V.
Éstas son sus sedes:

ARGENTINA, BOLIVIA, CHILE, COLOMBIA, COSTA RICA, ECUADOR, EL SALVADOR, ESPAÑA,
ESTADOS UNIDOS, GUATEMALA, MÉXICO, PANAMÁ, PARAGUAY, PERÚ, PUERTO RICO,
REPÚBLICA DOMINICANA, URUGUAY Y VENEZUELA.

Primera edición en Santillana Ediciones Generales, S.A. de C.V.: octubre de 2011
Primera edición en Editorial Santillana, S.A. de C.V.: mayo de 2013
Tercera reimpresión: noviembre de 2014

ISBN: 978-607-01-1571-4

Impreso en México

Un circo
un poco raro

Ana María Shua
Ilustraciones de Luciana Feito

ALFAGUARA^{MR}

INFANTIL

En este circo,
el león mete la cabeza
en la boca del domador.

Los caballos tocan
en la orquesta.

El conejo hace aparecer un mago
en su sombrero.

Las focas se sientan
entre el público y aplauden
contentas.

Un bombero toca la flauta
para que bailen
sus tres mangueras.

Los payasos están leyendo muy serios en un rincón.

Los monos venden
palomitas de maíz y dulces.

Los osos hacen
una pirámide osuna.

Los elefantes hacen
pruebas en el trapecio
y caminan por la cuerda
floja.

Los tigres
traen una jaula
llena de gente
que ruge.

Una señora ruge tan fuerte…

¡que me despierta!

Ana María Shua

Cuando nací (en Buenos Aires, en 1951) no tenía ningún año, pero después fui juntando un montón. Al poco tiempo aprendí a leer y nunca más pude parar: sigo leyendo y leyendo desde entonces. De tanto leer, me dieron ganas de escribir y ahora ya escribí como ochenta libros. Por ejemplo, *Una plaza un poco rara*, *Un circo un poco raro*, *Mascotas inventadas*, *Caracol presta su casa* o *Las cosas que odio (en verso)*. Gané muchos premios y me hice un poco famosa. También tengo tres hijas, que ya son gente grande.

Un circo un poco raro

Esta obra se terminó de imprimir en noviembre de 2014
en los talleres de Impresora Tauro S.A. de C.V.
Plutarco Elías Calles No. 396 Col. Los Reyes.
Delg. Iztacalco C.P. 08620. Tel: 55 90 02 55